PONTO DE VISTA

Ana Maria Machado

PONTO DE VISTA

Ilustrações
Luciano Tasso

São Paulo
2024

© Ana Maria Machado, 2023

2ª Edição, Editora Melhoramentos, São Paulo 2006
3ª Edição, Global Editora, São Paulo 2024

Jefferson L. Alves – diretor editorial
Flávio Samuel – gerente de produção
Juliana Campoi – coordenadora editorial
Jefferson Campos – analista de produção
Luciano Tasso – ilustrações
Equipe Global Editora – produção editorial e gráfica

Dados Internacionais de Catalogação na Publicação (CIP)
(Câmara Brasileira do Livro, SP, Brasil)

Machado, Ana Maria
   Ponto de vista / Ana Maria Machado ; ilustrações Luciano Tasso. – 3. ed. – São Paulo : Global Editora, 2024.

   ISBN 978-65-5612-667-8

   1. Literatura infantojuvenil I. Tasso, Luciano. II. Título.

24-219083   CDD-028.5

Índices para catálogo sistemático:

1. Literatura infantil   028.5
2. Literatura infantojuvenil   028.5

Cibele Maria Dias - Bibliotecária - CRB-8/9427

Obra atualizada conforme o
NOVO ACORDO ORTOGRÁFICO DA LÍNGUA PORTUGUESA

Global Editora e Distribuidora Ltda.
Rua Pirapitingui, 111 – Liberdade
CEP 01508-020 – São Paulo – SP
Tel.: (11) 3277-7999
e-mail: global@globaleditora.com.br

- grupoeditorialglobal.com.br
- @globaleditora
- blog.grupoeditorialglobal.com.br
- /globaleditora
- /globaleditora
- @globaleditora
- /globaleditora
- @globaleditora

Direitos reservados.
Colabore com a produção científica e cultural.
Proibida a reprodução total ou parcial desta
obra sem a autorização do editor.

Nº de Catálogo: **4661**

MAR, PRAIA, ILHA.

Casas na encosta.
Montanha e mata,
cidade maravilha.
Um paraíso essa paisagem.
Quem não gosta?
Uma beleza.
De qualquer ponto de vista.

Gente de toda cor e tamanho.
Cada um com seu jeito
e em seu lugar.
Um menino lá no alto.
Do morro.
Outro menino lá no alto.
Do prédio.
Cada menino,
um cisco de nada.
UM PONTO À TOA.
Uma criança pequena,
quase perdida,
numa cidade partida.

Não olhavam um para o outro.
Só viam a vista.
Céu azul, mata verde,
ruas de carros e gente,
mar toda hora diferente.
Paisagem de paraíso.
CHEIA DE CORES, PLANOS, PONTOS.

A PAISAGEM VIA A VISTA TAMBÉM.

A cidade, o prédio e o morro.

Os meninos nem sabiam, mas eram a vista de alguém.

Um soltava pipa no azul sem-fim.

O outro andava de bicicleta no jardim.

Um saía para a escola. O outro entrava no carro.

Um voltava e ia pra rua. O outro ficava no quarto.

Os dois tinham amigos, batiam bola.

Os dois sonhavam sonhos, curtiam um som,

IMAGINAVAM UM MUNDO BOM.

Um na quadra, lá na altura.

O outro na varanda da cobertura.

Um e outro.

Cada um bem isolado. Cada um para o seu lado.

Lá no meio do mar, era só um ponto.
E mais outro. Um bando.
Saltando na água, brincavam os golfinhos.
Pulavam em arco, giravam em mergulho,
rodeavam canoa.
Gritavam bem alto fazendo barulho.
Às vezes em fila seguiam algum barco.
Acompanhavam uma lancha, uma prancha.
Depois descansavam na onda e na espuma.
Na paisagem sumiam.
OLHANDO A CIDADE, A VISTA LÁ LONGE.
Os meninos sem se ver.
Esperavam acontecer.

Lá no alto do céu, era só um ponto.
E mais outro. Um bando.
Planando no ar, brincavam as gaivotas.
Subiam no vento, zuniam em mergulho,
rodeavam asa-delta.
Gritavam bem alto fazendo barulho.
Às vezes em fila seguiam algum barco.
Pousavam nas cordas, nas redes, nas velas.
Depois descansavam na onda e na espuma.
Na paisagem sumiam.
Olhando a cidade, a vista lá longe.
OS MENINOS SEM SE VER.
Esperavam acontecer.

— Que beleza! — o golfinho dizia,

quando a paisagem via.

— Que tristeza! — a gaivota falava,

quando os meninos avistava.

O golfinho então olhava, reparava, entendia.

E com ela concordava.

Como pode um viver assim com outro?

Tão longe e tão perto? Tão distante e tão ao lado?

Como se fosse um deserto e não um bairro animado.

SERÁ QUE ISSO MUDA UM DIA?

Às vezes os dois até se olhavam,
MAS MAL SE VIAM.
Um vendendo bala no sinal fechado.
Distraído, o outro, no carro parado.
Um descalço com os amigos no asfalto.
O outro espiando, da janela lá no alto.
Todo mundo só passando, cada um na sua mão.
Como se nem fossem gente, não paravam, iam em frente.
Eta cidade ocupada, com pressa, só confusão.
Não combina com essa história
de cidade tão alegre
gostando de brincadeira,
de gaivota feito pipa lá na ponta do cordão.
Cidade tão marinheira,
de golfinho no brasão.

Mas um dia os dois se viram.

Quando olhavam o mesmo mar, bem na mesma direção.

Mudaram o ponto de vista:

UM VIU O OUTRO FEITO IRMÃO.

Um dia de maré-cheia,
de ressaca, onda batida,
comendo a faixa de areia
entre o mar e a avenida.
– Hoje nem dá futebol – disse um, desapontado.
– Está bom é pra surfar – falou o outro, animado. – Quer prancha? Posso emprestar.

Um ensinava a soltar pipa, fazer rap, um bom samba batucar.
O outro, a tocar guitarra. E na internet navegar.
Pesquisavam em conjunto para os trabalhos da escola,
no futebol faziam a festa.
Torciam pro mesmo time. Os dois dominavam a bola.
E na pelada da praia fizeram uma dobradinha
que foi mesmo de arrasar.
Um era bom artilheiro.
O outro dava cada passe que era só finalizar.

Mas numa coisa não dava pra saber qual o maior.
Na hora de descer em onda,
não tinha essa de melhor.
Se um era campeão, o outro chegava em segundo.
DIVIDIAM A ALEGRIA.

E também, quem garantia?
Podia ser o contrário já na outra bateria.
Um ganhava uma medalha, o outro trazia um troféu,
se um levantava a taça, o outro já usava a faixa.
Para os dois amigos juntos, aquele pódio era um céu.

Foi crescendo a amizade
mesmo quando eles cresceram.
O MUNDO TAMBÉM CRESCIA,
para mais longe os levava atrás da onda perfeita.
Torneio em outra cidade,
campeonato em outro estado,
outra praia, outro país,
em tudo que é continente.
Em busca da perfeição.
Procura do que não há.

Mas sempre vinham de novo
às belezas da cidade de onde iam em viagem
buscar nome campeão
com a prancha na bagagem.
Sua gente, língua e povo, sua terra, praia e chão
não queriam abandonar.
Paraíso em paisagem
que não cansavam de olhar.

E lá de longe, no mar,

A VISTA OLHAVA PRA ELES.

O golfinho e a gaivota pulavam pra festejar.

Na hora de trabalhar, fizeram uma sociedade.
E montaram uma oficina.
UM DOS DOIS, HABILIDOSO,
fabricava, consertava,
passava os dias metido com ferramentas, resina,
maçarico e parafina.

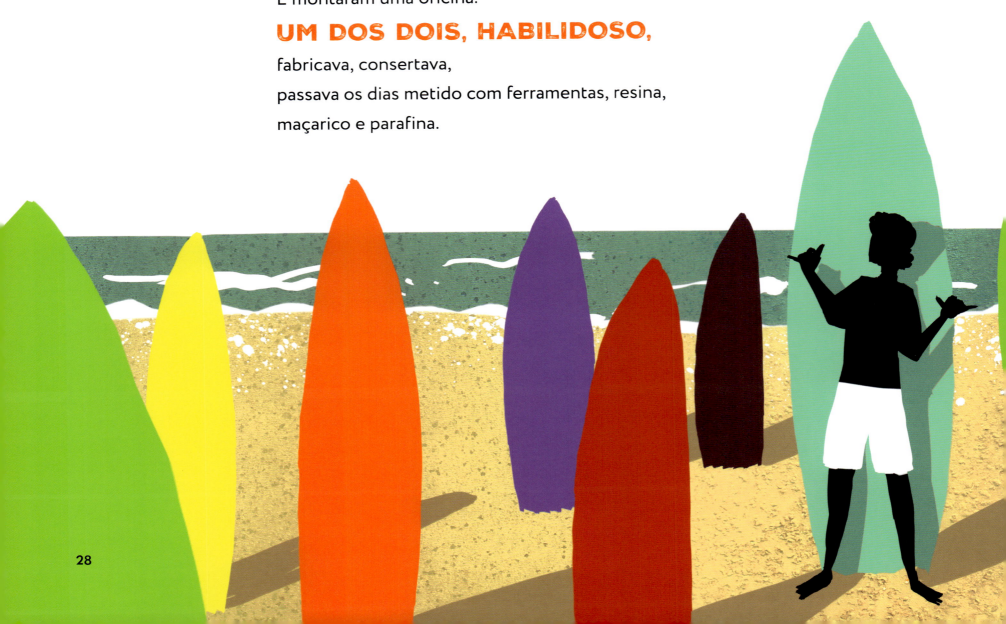

O OUTRO, MENOS JEITOSO,

comprava material

e inventava modelo

de prancha, roupa e cabelo,

pintava estampa legal.

Com os amigos falava e a novidade espalhava.

Desenhava coisa nova como não tinha outra igual.

E até hoje, homens feitos,
na hora em que dá vontade, lá saem os dois pra surfar.
Vão pro mar, em onda descem,
e levam os filhos que crescem
aprendendo a deslizar.
Sempre na mesma cidade,
SEMPRE NA MESMA AMIZADE.

Numa alegria redonda de criançada a brincar,
de amigo de verdade que não quer se separar.

Abraçando cada prancha
podem buscar para sempre em cada mar deste mundo,
mas não há onda perfeita.
SÓ NA IMAGINAÇÃO
ou no sonho de quem deita e dorme sono profundo.

E não sou só eu que digo.
Mas a coisa mais direita,
mais perto da perfeição,
é ter por perto um amigo,
é ver no outro um irmão.

Também não tem paraíso,
mas o que chega mais perto é não estar só num deserto,
porque o que é mais preciso
não é paisagem de sonho nem razão de bom juízo.
É algo que se situa em equilíbrio surfista
no caminho de um pro outro
e que no peito flutua.

Leve que nem dom de artista
quando a direção de um não esbarra na do outro,
quando o coração de um desliza na onda do outro.
QUESTÃO DE PONTO DE VISTA.

Por isso, quando o golfinho, um pontinho lá na vista,
lamenta e diz:
– Que tristeza,
uma cidade partida...
A gaivota sorri e mostra as ondas depois.
Alça voo, dá rasante, e segue em frente feliz.
– Nem sempre, nem sempre. – diz. – Olha só aqueles dois.
Quando a gente tem vontade,

MUDA A CIDADE E A VIDA.

Acervo pessoal

LUCIANO TASSO

Nasceu em Ribeirão Preto, interior de São Paulo. Formado pela Escola de Comunicações e Artes, da Universidade de São Paulo (USP), e durante muito tempo trabalhou em agências de publicidade até decidir mergulhar definitivamente no maravilhoso mundo da literatura. Desde então ilustrou muitas obras em parceria com escritores ou de sua própria autoria.

Pela Global Editora, ilustrou os livros *Fico, o gato do rabo emplumado* e *Eu, Edo, com medo fedo* de Darcy Ribeiro; *Um rosto no computador*, de Marcos Rey; *Meus romances de cordel*, de Marco Haurélio; *Histórias do país dos avessos*, de Edson Gabriel Garcia; *Perdido na Amazônia 1* e *2*, de Toni Brandão; e *O piolho*, de Bartolomeu Campos de Queirós.

ANA MARIA MACHADO

Considerada uma das mais completas e versáteis autoras brasileiras, Ana Maria Machado ocupa a cadeira número 1 da Academia Brasileira de Letras. Ganhou em 2001 o mais importante prêmio literário nacional — o Machado de Assis, outorgado pela ABL — pelo conjunto de sua obra como romancista, ensaísta e autora de livros infantojuvenis. Um ano antes, recebera do IBBY (International Board on Books for Young People) a Medalha Hans Christian Andersen, prêmio considerado o Nobel da Literatura Infantil, por ser a mais alta premiação internacional do gênero, conferida a cada dois anos a um escritor, pelo conjunto da obra.

Ana Maria Machado é carioca e começou sua carreira como pintora. Após se formar em Letras Neolatinas, fez pós-graduação na França, onde também lecionou na Sorbonne, em 1970-1971. Deu aulas na Universidade Federal do Rio de Janeiro (UFRJ) e na Universidade de Berkeley, nos Estados Unidos. Como jornalista, trabalhou no Brasil e no exterior. Publicou mais de cem títulos, tanto para adultos como para crianças. Seus livros venderam mais de 20 milhões de exemplares e têm sido objeto de numerosas teses universitárias — inclusive fora do país. Sua obra para crianças e jovens está traduzida e publicada em mais de vinte países e recebeu todos os principais prêmios no Brasil, incluindo três Jabutis, e alguns no exterior.